Texto de
Elizabeth Estava

Ilustraciones
Ramsés Davis

Si tienes algún comentario escríbenos a:
garviebook@gmail.com
Si buscas inspiración síguenos:

 **GarvieBook**

 **@Garviebook**

El NIÑO HU

Esta es la historia del niño "HU". Le llamamos el niño "HU", porque él a todo le llamaba "HU": el agua "HU", la comida "HU", la piña "HU", la mesa y el sombrero "HU"… y como no sabe más palabras, no nos ha dicho su nombre.

Nosotros las cosas, no estábamos muy contentas con esta situación porque, como seguramente sabrás, todas tenemos nuestros sentimientos, nuestras opiniones y nuestros nombres.

La piña, por ejemplo, era una mujer vieja muy fastidiosa. Protestaba por todo; nada le parecía bien; se creía de mucha importancia porque tenía corona, pero siempre estaba muy sola ya que pinchaba a todo el mundo; con su voz chillona declaraba:

-Si me vuelve a decir "HU" ¡lo pincho, miren que lo pincho!

El sombrero, era un señor muy viejo y polvoriento que vivía colgado en la pared; era un tipo muy observador, todo el tiempo miraba y pensaba, pensaba y miraba. La verdad es que hablaba muy poco pero, cuando lo hacía, producía los ruidos más extraños con la garganta.

–Ejem, ejem, hum, hum, hum, hum, calmada doña piña, calmadita, por favor.

–Aham, aham, aham…Ya aprenderá, calma que ya aprenderá, después de un tiempo, todos aprenden.

El sombrero era muy respetado, tenía años colgando en esa pared y se decía que había visto muchas cosas; a juzgar por su aspecto y actitud, si que parecía un tipo muy sabiondo; sus gestos, sus gruñidos, su carrasposa garganta, eran de quien puede decir mucho pero no lo hace ciertamente, el Sr. sombrero se daba grandes aires.

El único que podía haberle discutido algo al sombrero, era su vecino de pared, el cuadro de la santa cena.

Si vamos a hablar de años… bueno… baste decir que aquel cuadro era viejo, muy, pero muy, pero muy viejo; no hablaba nunca; asentía a todo lo que el sombrero decía con aire perdido, mientras clavaba la mirada en un punto inexistente; su mirada, lánguida era de una profunda y lejana ausencia.

Aquella reunión había sido convocada por la piña con carácter de extrema urgencia, vale decir que para la piña todo lo que ella hacía o decía era "de extrema urgencia"; sin embargo, todos acudieron picados por la curiosidad; mientras llegaban y se acomodaban en sus puestos, la piña andaba de un lado para otro alborotando y puyando a todo el mundo, su tono chillón se elevaba con la incesante cantinela:

–¡Que lo pincho, eh, miren que lo pincho!

La mesa era otra que permanecía callada; se jactaba de ser una gran anfitriona.

Pero esta vez parecía distraída; la reunión era sobre ella, así que, con aire confuso y una media sonrisa que parecía muy falsa, trataba de soportar a los presentes; no discutía, era amable y gentil; pero, la verdad es que estaba bastante incómoda. Resulta que el salero, que era muy inquieto, estaba molestando constantemente al pimentero; le empujaba y le daba vueltas por la cintura, a lo que el pimentero respondía lanzándole granos de pimienta a la cara, para hacerlo estornudar.

Claro, pensó la mesa, ellos no están interesados en el tema de la reunión, a ellos el niño "HU" nunca los nombra, y a mí tampoco, en realidad… pero… bueno, ya que presté la casa, habré de soportar la incomodidad con buena cara, y volvía a su falsa media sonrisa, escuchando con paciencia.

La cucharilla de postre, que había tomado algunas clases de ballet, se separó del lado de su mamá, la cuchara de sopa, e incorporándose un poco dijo con su voz aflautada de niña:

–¡Yo podría hacer un hermoso baile! y un lindo tintineo musical.

–¿Para que harías eso? –replicó de inmediato la piña malhumorada –¡qué muchachita más impertinente! –¿para que harías eso? –repitió más alto, porque claro con su mal humor, todos hacíamos como que no le oíamos o no le entendíamos para no tener que hablar con ella.

La cuchara de sopa, sin embargo muy molesta, dirigiéndose al cuchillo dijo:

—Señor cuchillo, por favor, ponga orden, la señora ésta, no deja hablar a la niña, ¡haga algo! póngale reparo a "la señora" —la cuchara recalcaba mucho la palabra "señora" y le agregaba un tonito irónico, porque sabía que a la piña no le gustaba que la llamaran así.

Los cuchillos eran los policías encargados del orden de todas las cosas. A esta reunión se había invitado solamente al cabo cuchillo de mesa porque no se esperaba que hubiera pleito pero, –pensó cuchillo de mesa: -donde esté doña piña siempre hay pleito. – ¡Orden!, ¡orden! en la sala o mejor dicho, en la mesa.

–Dijo en voz alta: –¡a callar!, todos a callar… que la cucharita va a hablar.

Y le dirigió una mirada llena de amenazas a doña piña.

–Gracias – replicó cucharita, haciendo una deliciosa reverencia al cabo cuchillo de mesa.

Una danza, una coreografía dijo elevando la voz y empinándose un poco, es una organización de baile en la que todos participamos; podríamos organizarlo cuando sienten a el niño a la mesa y cada vez que llame a alguno "HU", danzamos frente a él cantando nuestro nombre, yo podría bailar; así que hizo una rapidísima voltereta cantando, "mi nombre es cucharita y mi mamá se llama cuchara", hizo un movimiento muy suave y artístico con las manos y quitándose un bucle de la cara concluyó…

–Y así, cada uno tendría que inventar su canción y su paso de baile.

–No está mal, no está mal –replicó el sombrero interesado desde su mirador, mientras don cuadro de la santa cena asentía. La piña no dijo nada porque tenía encima los ojos de cuchillo, pero murmuraba hacia plato sopero…

-¡Dígame eso! yo, una señora digna, inventando bailecitos ¡no, que va! yo estoy muy vieja para bailecitos, ¡habrase visto! ¡bailecitos! ¡qué va!

Sin embargo, y para su disgusto, el proyecto tuvo acogida y todos comenzaron a practicar sus bailes y canciones.

El salero y el pimentero que, hasta entonces habían estado molestando, se tomaron de las manos y comenzaron a bailar y cantar, y así todo se animó. En cada rincón de la mesa se producían bailes en grupos o en solitario y las voces se entremezclaban en una confusión musical.

–¡A callar!, gritó el cabo cuchillo, todo el mundo quieto que viene alguien. ¡Silencio!, silencio total.

Cualquier observador casual juraría que todo estaba tranquilo y normal, sobre aquella mesa. Pero no, el niño, desde la pureza de su mirada infantil, sabía ver detrás de la quietud de los instrumentos y ese día el niño llegó a casa de sus abuelos, pasó a la mesa del comedor, todos esperaban alegres y ansiosos y según lo acordado iniciaron su espectáculo.

Al principio el niño no parecía interesarse, pero entonces vino el momento de actuar de la piña, y ante el toque amable del abuelo, se encendió y lo hizo con toda su fuerza y todo se iluminó, y el pequeño niño vio aquel espacio con una nueva perspectiva. Se maravilló al observar todos esos hermosos objetos presentándose ante él, haciéndose notar, reclamando su atención.

Entonces, el abuelo preguntó:
−¿deseas comer algo Ricardito?
¿te apetece algo de la mesa?
−¡piña! ¡piña! - señalaba el niño
saltando y riendo….

Toda la mesa se volvió una algarabía. La señora piña se sentía feliz, orgullosa de ser reconocida y apetecible.

Finalmente supimos su nombre y nos dimos cuenta de que él también conocía el nuestro, solo necesitaba crecer un poco más y mirarnos mejor; él reía y todo el mundo y las cosas todas reían con él.

Fin.

Elizabeth Estava nació en Caracas, Venezuela. Egresó como licenciada en letras de la Universidad Central de Venezuela. Realizó estudios de pedagogía en la Universidad Pedagógica Experimental Libertador en especialización de evaluación y herramientas del pensamiento. Su carrera profesional se desarrolló principalmente en el área docente. Impartió las materias de lenguaje y comunicación, literatura Infantil, problemática social del desarrollo en pregrado y castellano, literatura y psicología en educación media.

Made in the USA
Monee, IL
30 April 2022